Dados Internacionais de Catalogação na Publicação (CIP)
(Câmara Brasileira do Livro, SP, Brasil)

Jordão, Marcos
Pensamentos e formas / Marcos Jordão. -- São Paulo: Ciranda Cultural, 2011.

ISBN 978-85-380-2555-9

1. Arquitetos - Brasil 2. Arquitetura - Brasil 3. Arquitetura - Projetos e plantas 4. Jordão, Marcos I. Título.

11-06461 CDD-720.981

Índices para catálogo sistemático:
1. Brasil: Arquitetura 720.981

“Um traço nunca é só um traço e sim uma extensão de todo um pensamento.”
Marcos Jordão

“A trace is never just a trace, but an extension of a whole thought.”
Marcos Jordão

PENSAMENTOS E FORMAS

Principis

Marcos Jordão

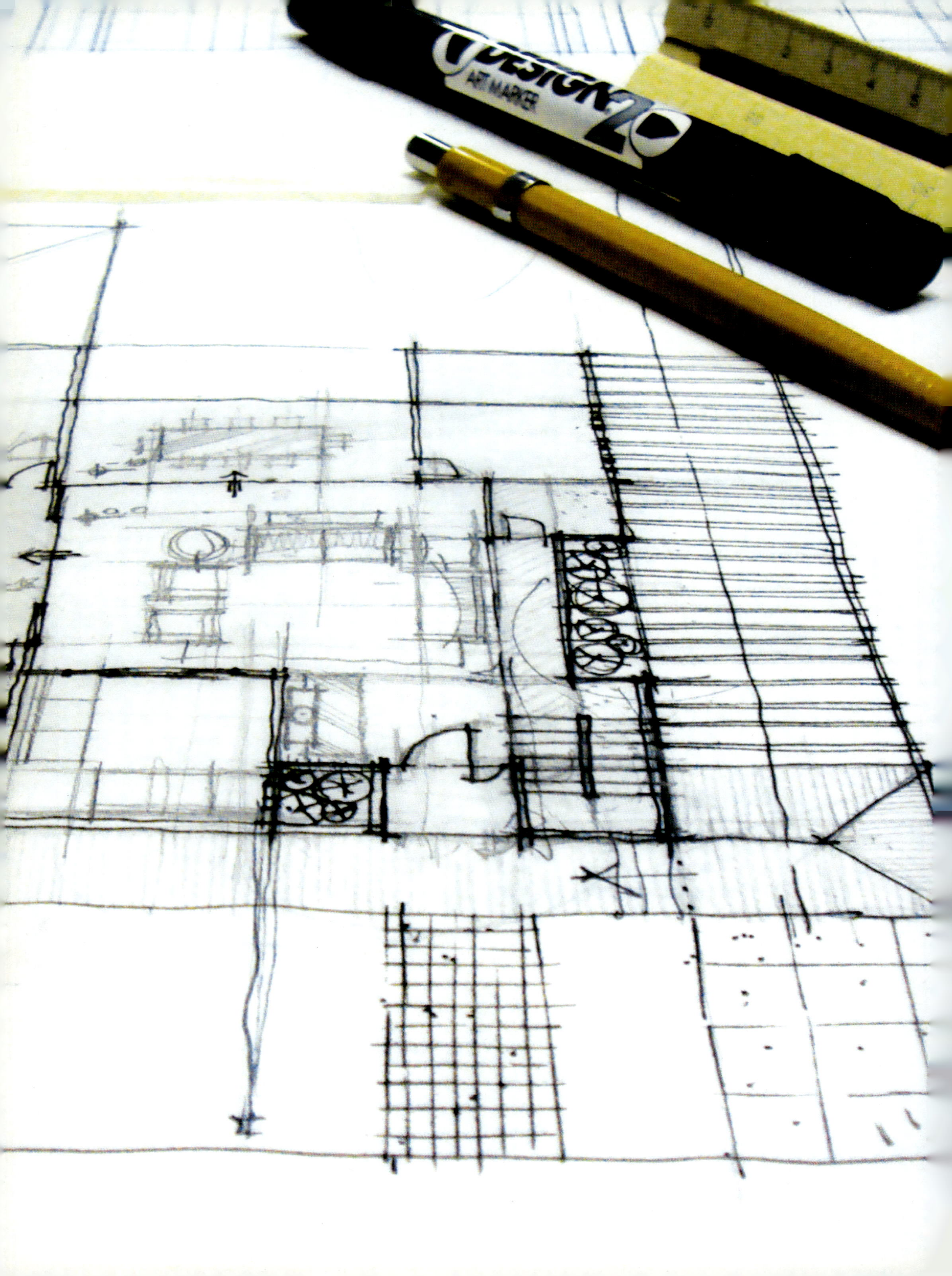
DESIGN
ART MARKER

PREFÁCIO

POR MICHELE LOPES

Ao reconhecer o talento e empenho do jovem arquiteto Marcos Jordão, o Grupo Ciranda Cultural resolveu convidar o profissional a nos encantar com suas concepções nesta rica obra.
Nas próximas páginas, você encontrará os bem-sucedidos projetos de Marcos, desde a criação até o resultado final, além de se envolver com as histórias deste paulistano.
O reconhecimento e a consagração do trabalho, para Marcos, estão acima do retorno financeiro, daí a publicação deste catálogo incidir na concretização de mais um sonho do "arquiteto-artista", assim carinhosamente conhecido.
Os ambientes criados e aqui reunidos expressam os conceitos centrais e a marca pessoal de Marcos Jordão, sempre presentes em seus projetos: sensibilidade, conforto, design moderno, sofisticação e funcionalidade.
A excelente qualidade das obras e o primor empregado a cada novo desafio são resultados do olhar criativo do profissional, que aplica uma capacidade coordenadora inquestionável aos materiais, cores, formas e estilos que utiliza. Os trabalhos de Marcos são desenvolvidos a partir de sentimentos, situações, diversão e envolvimento que norteiam o seu cotidiano.
Curiosidade, inquietude, sagacidade, positivismo e franqueza, são características que definem muito bem a personalidade de Marcos, e serão, sem dúvida, notadamente sentidas no decorrer da leitura.

PREFACE

BY MICHELE LOPES

Upon recognizing the talent and commitment shown by the young architect Marcos Jordão, Ciranda Cultural Group decided to invite this professional to enchant us with his ideas in this rich work.
In the following pages, you will find Marcos' successful projects, from creation to final result, and the stories of this citizen from São Paulo will captivate you as well.
For Marcos, having his work recognized and acclaimed is beyond financial return, so, the publication of this catalogue is one more dream coming true for this dearly called 'architect-artist'.
Marcos Jordão's creations gathered here express his core conceptions and personal brand, always present in his projects: sensibility, comfort, modern design, sophistication and functionality.
The high quality of his work and the perfection of each new challenge arise from the professional's creative eye, who applies an unquestioned coordinating capability to the materials, colors, shapes and styles he uses. Marcos' works are developed from feelings, situations, fun and involvement permeating his daily life.
Curiosity, uneasiness, sagacity, positivism and open-mindness are traits that define Marcos' personality so well, which will undoubtedly be noticed throughout this reading.

Sumário - *Contents*

12 INTRODUÇÃO - *INTRODUCTION*

32 ALITER - *ALITER*

38 RESIDÊNCIA CASA VERDE - *HOUSE IN CASA VERDE*

46 RESIDÊNCIA MOOCA - *MOOCA RESIDENCE*

54 SETIN TOWER - KORMAN ARQUITETOS - *SETIN TOWER - KORMAN ARQUITETOS*

60 CLÍNICA ESTÉTICA - *BEAUTY CLINIC*

65 A COMUNHÃO QUE FALTAVA - *THE FELLOWSHIP THAT WAS MISSING!*

66 COBERTURA MOOCA - *MOOCA PENTHOUSE*

8 APARTAMENTO RIVIERA I - *RIVIERA APARTMENT I*

88 APARTAMENTO JD. ANÁLIA FRANCO – *JD. ANÁLIA FRANCO APARTMENT*

98 APARTAMENTO RIVIERA II – *RIVIERA APARTMENT II*

108 BOLLPI – *BOLLPI*

114 EMPÓRIO LUZ – *EMPÓRIO LUZ*

124 RESIDÊNCIA TATUAPÉ – *TATUAPÉ RESIDENCE*

140 COBERTURA HIGIENÓPOLIS – *HIGIENÓPOLIS PENTHOUSE*

156 EVENTO MARCOS JORDÃO | BMW – *MARCOS JORDÃO – BMW EVENT*

164 APARTAMENTO JD. DA SAÚDE – *JD. DA SAÚDE APARTMENT*

174 APARTAMENTO TATUAPÉ – *TATUAPÉ APARTMENT*

INTRODUÇÃO

INTRODUCTION

Com 15 anos de carreira, a arquitetura de Marcos Jordão assinala projetos residenciais, comerciais e corporativos. Em todos os espaços até hoje produzidos, dimensão, sentido, função e harmonia aliam-se na busca de ambientes simples e práticos, porém, com temas requintados.
Envolver-se intensamente com suas obras e tomar a posição de cliente transforma a "arte" do arquiteto em trabalhos personalizados.

Marcos Jordão's 15-year career in architecture marks residential, commercial and corporate projects. So far, in all spaces created, dimension, sense, function and harmony are coupled with seeking simple and practical environments, yet with exquisite themes.
By getting intensely involved with his work and putting himself in his client's shoes, the architect turns his 'art' into customized works.

Sutil descoberta

Sensível, criativo e perspicaz desde a infância, Marcos Jordão somente descobriu o seu dom pela arquitetura após a escolha do curso que seguiria na faculdade.
Aos 14 anos, iniciou o curso de Técnico em Ciências Contábeis, tendo trabalhado em uma empresa de grande porte durante três anos. No entanto, a rotina do escritório e as demandas, que em sua opinião eram um tanto entediantes, fizeram o inquieto adolescente abandonar a profissão.
Marcos também se aventurou pelo esporte, participando de campeonatos de vôlei, e pela carreira militar, ao tentar ingressar na Aeronáutica. Porém, os problemas no joelho e a opção por permanecer próximo à família o fizeram desistir.
Mesmo sem gostar de estudar da forma convencional, porém em busca de novos rumos, aos 17 anos, Marcos decidiu entrar para a faculdade, mas não tinha a mínima noção de qual carreira seguir. Após excluir quase todas as opções de cursos, as duas únicas profissões remanescentes foram Arquitetura e Música, suas grandes paixões, optando Marcos pela primeira.
Durante a graduação na Universidade São Judas Tadeu, na Mooca, Marcos conheceu o colega de turma "Moreno" que muito o ajudou e possuía um talento incomum na criação de perspectivas feitas à mão. A bonita amizade os fez varar noites de estudos e aprendizados: enquanto Marcos ensinava o amigo a tocar guitarra, Moreno o ajudava a desenhar. E foram vários os conhecimentos adquiridos com seus outros tantos amigos Marcelo, Cristiane, Valdeci, Wladimir, Adriana...
A partir de então, os anos seguintes de Arquitetura foram de plena dedicação e descoberta da paixão pelo ofício.

Subtle discovery

Sensitive, creative and shrewd since his childhood, Marcos Jordão discovered his gift for architecture only after choosing his college course.
At the age of 14, he took an Accounting Technician Course and worked in a large-sized company for three years. However, the office routines and demands, which were quite boring in his opinion, made the uneasy teenager quit the profession.
Marcos also ventured in sports, having participated in volleyball championships, and in the armed forces, when he tried to join the Air Force. However, he gave up both careers after having knee problems, and opted to stay close to his family.
Even though he did not like to study in the conventional way, 17-year-old Marcos, looking for new paths to follow, decided to go to college, but he didn't have the faintest idea of what career he should pursue. After eliminating almost all course options, the only two remaining areas were Architecture and Music, his great passions, and he made up his mind for the first.
During his college years at Universidade São Judas Tadeu, in Mooca, Marcos met 'Moreno', a classmate with an uncommon talent to create perspectives by hand, who helped him a lot. That beautiful friendship made them stay up all night long studying and learning: Marcos taught his friend how to play the electric guitar, while Moreno helped him to draw. Many other mutual friends also contributed to their knowledge, including Marcelo, Cristiane, Valdeci, Wladimir, Adriana...
From then on, the years in the Architecture course were full of total dedication and discovery for the passion for the craft.

“Sou o resultado do mix de tudo que vivencio: artes, emoções, situações, inspirações...”

“I am the result of everything I have lived: arts, emotions, situations, inspirations...”

RESIDENCIA ANNY ROMAN
PERSPECTIVA DORM YLLANA

PRIMEIROS PASSOS

A experiência inicial de Marcos com Arquitetura foi no escritório da arquiteta Célia Tozzi. Na época, a oportunidade era voltada a profissionais que tivessem pleno conhecimento em manipulação do normógrafo – equipamento auxiliar usado no desenvolvimento de desenhos.
Em início de carreira e sem prática alguma com a ferramenta, mas com a necessidade de inserir-se no mercado, Marcos afirmou saber manuseá-la. O seu final de semana seguinte foi de incansáveis tentativas e treinos, o que lhe proporcionaram o aprendizado na lida com o instrumento e o seu tão necessário emprego.
Contudo, o que mais lhe rendeu orgulho e experiências incontáveis foi a sua atuação, ainda como estagiário, no escritório Korman Arquitetos, dos arquitetos Silvio e Ieda Korman, "verdadeiros mestres na carreira de Marcos", segundo ele próprio.
A curiosidade o fez crescer e adquirir conhecimentos diversos na profissão, tornando-se um dos mais ágeis do escritório. O respeito que o casal cunhou por Marcos e o reconhecimento pelo talento do jovem profissional duram até hoje, 15 anos após a sua saída.
O ótimo desempenho de Marcos durante a graduação também lhe rendeu o convite feito por seis de seus colegas de faculdade a ingressar como sócio na empresa Armazém Arquitetura. Assim, os seus próximos sete anos seriam de desafios e muito trabalho.

FIRST STEPS

Marcos' initial experience with Architecture was at architect Célia Tozzi's office. At that time, the opportunity was meant for professionals who mastered the use of stencil – auxiliary secondary drawing tool.
Marcos was just beginning his careers and had no experience at all with the tool, but as he needed to enter the market, he said he knew how to handle it. He spent a whole weekend tirelessly practicing and attempting, but in the end all the effort provided him the necessary experience with the tool and the needed job.
Nevertheless, what made him most proud and yielded him countless experience was his work, still as an intern at Korman Arquitetos office, owned by siblings Silvio and Ieda Korman, 'real mentors in Marcos' career', in his own words.
Curiosity made him grow and learn a lot in the profession, and he became one of the brightest working in the office. The respect the couple showed for Marcos and the recognition of the young professional's talents have been carrying on until today, 15 years after his leaving the office.
Marcos' outstanding performance during college also played a part in the invitation he received from six classmates to become a partner in Armazém Arquitetura. So, his next seven years would bring him challenges and a lot of work.

Marcos Jordão, Arquitetos Associados

A coragem de Marcos e sua ansiedade por novas descobertas o fizeram partir para a carreira solo. Porém, a procura do arquiteto pelo reconhecimento de seu trabalho, desviando-se do foco na administração de seus recursos financeiros, proporcionou-lhe um início bastante difícil.
O desafio tão buscado por Marcos surgiu também com o advento da tecnologia, a partir da passagem do desenho à mão para as perspectivas feitas em computador.
Os primeiros clientes começaram a cobrar do arquiteto-empresário plantas criadas a partir de programas mais modernos. Mas a barreira não foi empecilho ao crescimento profissional de Marcos, que buscou se aperfeiçoar. Mesmo que com passos lentos, conseguiu adotar um estilo mais contemporâneo nos projetos. Aos poucos, foi conquistando a oportunidade de apresentar suas propostas a residências e empresas distribuídas pelos melhores endereços do Tatuapé, bairro onde estabeleceu seu escritório.

Marcos Jordão, Arquitetos Associados

Marcos' audacity and his enthusiasm for innovations prompted him to leave for a solo career. However, the architect's pursuit of recognition of his work, diverting his focus from managing his financial resources, gave him a rather tough start.
Marcos' so long-sought challenge turned up with the advent of technology, from hand drawing to computer-made perspectives.
The first clients demanded layouts created with the latest programs from started asking the architect-entrepreneur. But this difficulty was no obstacle to Marcos' professional growth, who took advantage of it to improve his skills.
Even though at slow steps, he managed to adopt a more contemporary style in his designs. He steadily got opportunities to present his proposals to residences and businesses all over the best zones in Tatuapé, district where he set up his office.

Respeitáveis riscos

Os croquis a seguir foram criados por Marcos durante as suas infinitas madrugadas sem sono e com muitas ideias!

Os desenhos, alguns sem o menor sentido arquitetônico, outros, importantes projetos, também são trabalhos extras feitos pelo arquiteto enquanto estudante.

Marcos conta que muitos foram criados ainda no escritório Korman Arquitetos, já que o amigo e patrão Silvio o deixava utilizar o espaço após o expediente. Tais “rabiscos” renderam experiências fundamentais a sua carreira.

Respectable sketches

The following sketches have been created by Marcos during his innumerable long sleepless nights yet full of ideas!

The drawings, some with no architectonic meaning at all, others, which turned out to be important designs, are also additional works carried out by the architect while he was still a student. Marcos says that many of them have also been created at Korman Arquitetos office, as his friend and boss Silvio allowed him to use the space after working hours. Those “scribbles” yielded a very rich experience to his career.

MARQUISE EM ESPELHO
PEDRISCO BRANCO
PEITORIL EM AÇO INOX
MÁRMORE BRANCO
MOSÁICO PORTUGUÊS BRANCO
GRANITO APICOADO
PEDRISCO BRANCO
CAIXA EM VIDRO TRANSPARENTE
ESPELHO D'ÁGUA

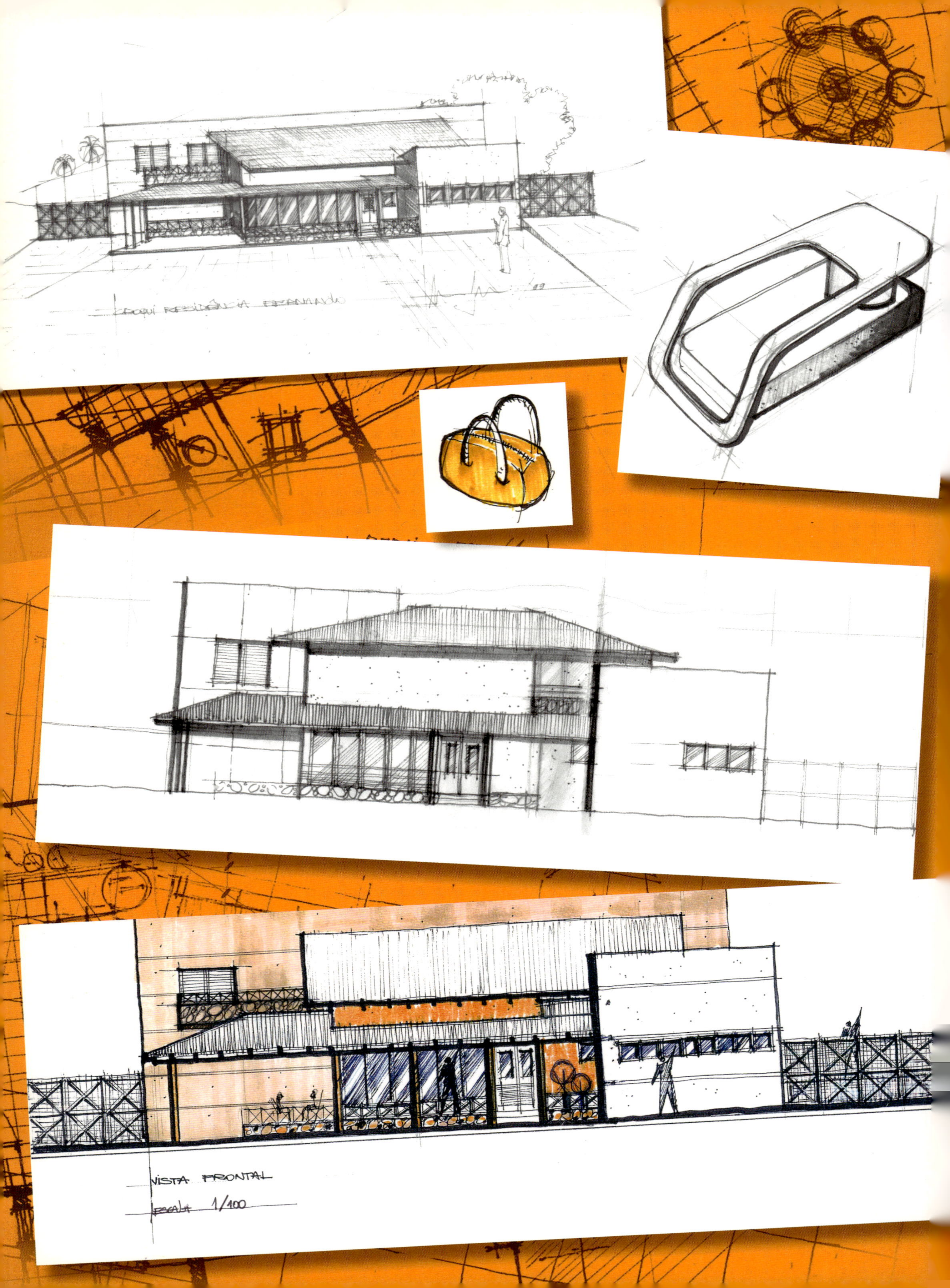
CROQUI RESIDÊNCIA FERNANDO
VISTA FRONTAL
ESCALA 1/100

FOCO DE LUZ
MONITORES
DESENHOS TÉCNICOS
MOTOR
BASE PRETA
PISO METÁLICO
painéis laminados
estar
estudo "espaço estar"

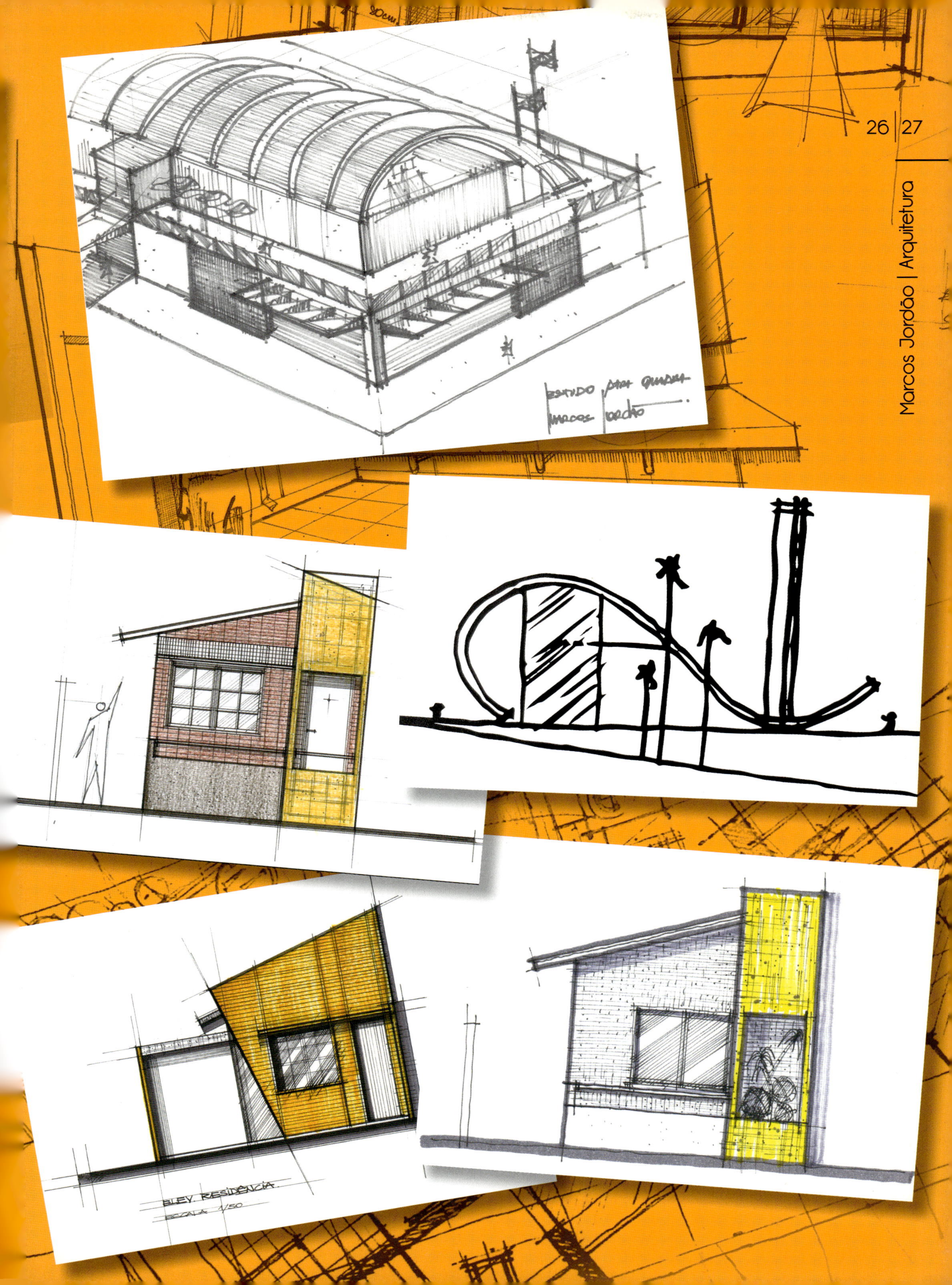
ESTUDO PARA QUADRA
MARCOS JORDÃO
BLEV RESIDÊNCIA
ESCALA 1/50

SAMU
192
REBAIXO FOTOS(1cm)
espelhos c/REBAIXO 2cm.
ARANDELAS
90cm
6.11
1.77
0.9mm Pentel P209

Paixões paralelas

Marcos Jordão resume sua vida em três alicerces insubstituíveis: família, arquitetura e música, sem os quais não teria alçado tantas conquistas.
Quando o assunto é casamento, distribui sorrisos! Conheceu a esposa, Patrícia Jordão, em 2001, por meio de amigos em comum. Para Marcos, "a esposa surgiu para colocar os seus pés no chão"!
Patrícia era arquiteta em uma empresa de móveis, quando foram apresentados. A comunhão e o primeiro filho, Luca, vieram assim que o relacionamento completou um ano.
O começo da vida a dois também encontrou muitos percalços, o que levou a arquiteta a continuar no emprego, enquanto Marcos esforçava-se para manter o novo negócio.
Com o nascimento de Júlia, em 2005, segunda filha do casal, Patrícia uniu-se a Marcos no escritório, desligando-se da empresa em que trabalhava.
Hoje, com três filhos – a caçula se chama Giovanna –, Marcos se diz plenamente realizado. "O momento de estar em casa, unir as crianças e minha esposa para uma divertida conversa ou às refeições é insubstituível."
Outra paixão de Marcos, que evidencia sua veia artística e seu outro talento, o da música, é a banda Branco Black. Ela é formada pelo arquiteto, que atua como compositor e vocalista, e por mais três amigos, um deles ainda da época de faculdade. E ao falar da atuação no grupo musical, Marcos não age diferente: sua reação é empolgante!

Parallel passions

Marcos Jordão sums up his life into three irreplaceable foundations: family, architecture and music, without which he would not have achieved so many accomplishments.
When it comes to marriage, he is all smiles! He first met his wife, Patrícia Jordão, in 2001, through mutual friends. For Marcos, 'his wife has come to keep his feet on the ground'!
Patrícia was an architect at a furniture company when they were introduced. Their union and the first child, Luca, came when they were having their first anniversary.
They had to face many difficulties when they began their life together, which made Patrícia continue in her job, while Marcos struggled to keep his new business afloat.
In 2005, when Julia, the couple's second child, was born, Patrícia quit her job and joined Marcos in the office.
Today, with three children – the youngest is called Giovanna –, Marcos says he is absolutely an accomplished man. 'It is a unique moment to be at home with my wife and children to enjoy a meal or a conversation together', he says.
Another of Marcos' passion, which confirms his artistic vein and his additional talent, the music, is the Branco Black band. It is formed by the architect, who is both the songwriter and vocalist, and three other friends – one of them a former college classmate. When talking about his performance in the band, Marcos does not act differently: his reaction is thrilling!

TECNOLOGIA E CONTEMPORANEIDADE

O sucesso chegou

Conquista de novos clientes. Prestígio. Aquisição de outros conhecimentos e equipamentos modernos. Marcos começa a firmar seus negócios e os desenhos, antes ilustrados à mão, passam a ser feitos em programas digitais especiais à projeção de ambientes.

O caráter sem exageros, aconchegante e clean de Marcos é consolidado nos projetos contratados pelos clientes comerciais, residenciais e de interiores diversos.

Nos ambientes produzidos pelo arquiteto, é possível perceber sensibilidade e bom gosto, o que revela a aplicação dos conceitos pessoais de bem-estar, praticidade e elegância deste profissional.

TECHNOLOGY AND CONTEMPORANEITY

Achieving success

Adding new clients. Prestige. Acquiring further knowledge and modern equipment. Marcos starts consolidating his business and the drawings, previously hand-illustrated, start being made in special programs to digital projection environments.

Marcos' authentic, warm and clean character is enhanced in projects contracted by commercial, residential and interiors design clients.

In the environments created by the architect, you can clearly notice sensibility and good taste, showing this professional's personal concepts of well-being, practicality and elegance.

BIQ-3980

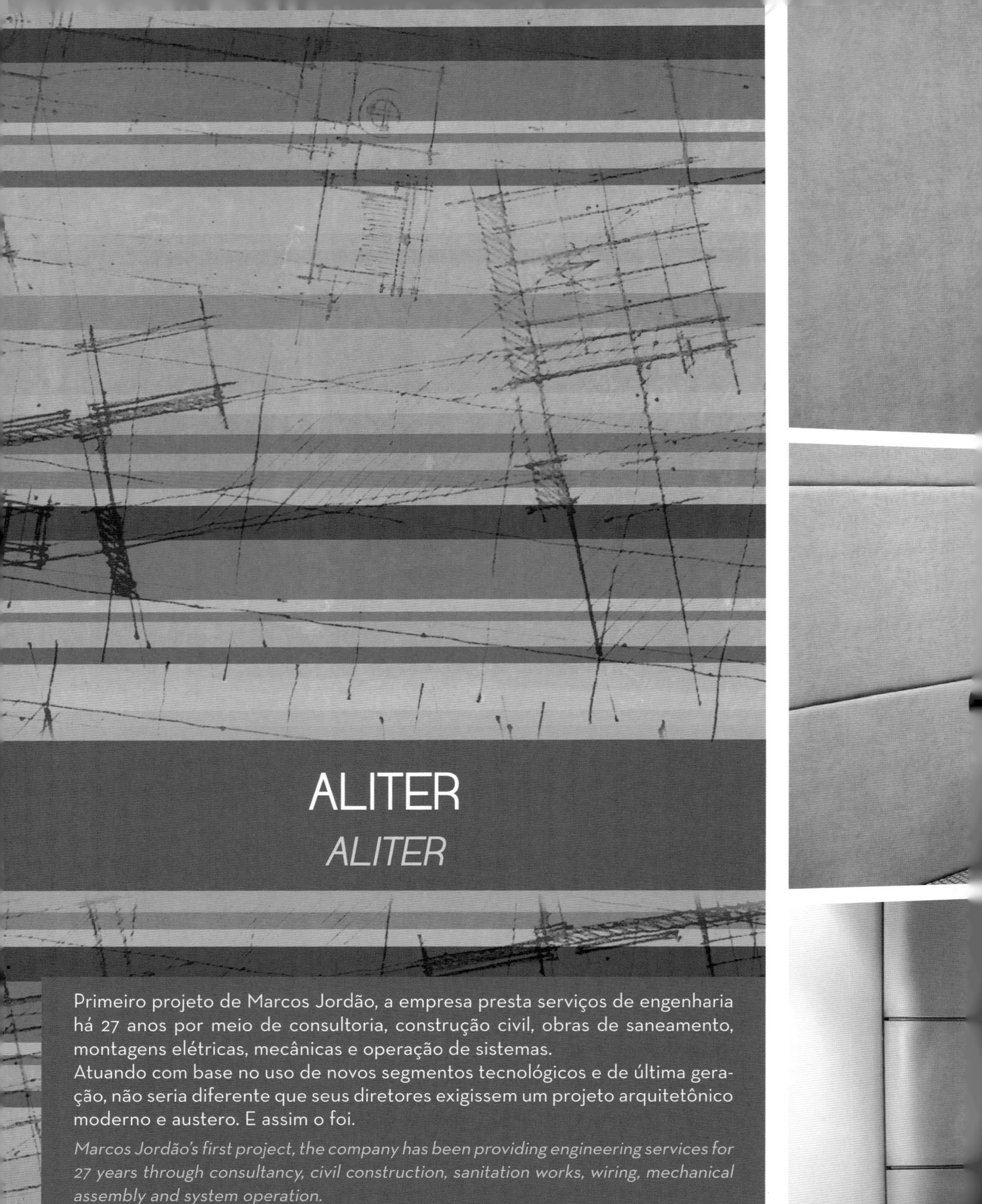

ALITER

ALITER

Primeiro projeto de Marcos Jordão, a empresa presta serviços de engenharia há 27 anos por meio de consultoria, construção civil, obras de saneamento, montagens elétricas, mecânicas e operação de sistemas.
Atuando com base no uso de novos segmentos tecnológicos e de última geração, não seria diferente que seus diretores exigissem um projeto arquitetônico moderno e austero. E assim o foi.

Marcos Jordão's first project, the company has been providing engineering services for 27 years through consultancy, civil construction, sanitation works, wiring, mechanical assembly and system operation.
Working with contemporary, cutting-edge technological segments, his directors would demand nothing but a modern and austere architectonic design. And this is what happened.

ALITER

Conceitos corporativos

No projeto arquitetônico da Aliter, Marcos Jordão empregou bastante criatividade para desenvolver outra solicitação dos diretores da empresa. A recepção do local deveria refletir o segmento da companhia.
Marcos, então, utilizou-se da possibilidade de "brincar" com o ambiente, criando uma espécie de edificação, sendo o chão arquitetado com a intenção de imitar terra; a parede com o papel de cogitar uma rocha; e o material em aço representando um dos equipamentos utilizados pela Aliter em suas obras.
As persianas embutidas, os painéis estofados, os carpetes em tons diversos e a utilização de materiais nobres e atuais aferiram à empresa uma atmosfera contemporânea, sem deixar de transmitir a seriedade exigida inicialmente.

Corporate designs

Marcos Jordão was very creative to develop Aliter's architectonic design, another request of the company's directors. The building reception was supposed to reflect the company's segment.
Therefore, Marcos experienced the possibility of "playing" with the environment, creating a sort of building, the floor simulating earth; the wall was made to look like a rock; and the steel material representing one of the pieces of equipment used by Aliter in its works.
The embedded blinds, the upholstered panels, the multi-shaded carpets and the high quality and state-of-the-art materials used gave the company a contemporary atmosphere, conveying the seriousness demanded in the first place.

RESIDÊNCIA CASA VERDE

HOUSE IN CASA VERDE

Os moradores da casa já haviam iniciado uma reforma, quando resolveram contratar Marcos Jordão. Ao dar continuidade à obra, o arquiteto decidiu remanejar o projeto inicial, com a intenção de aliar BAIXO CUSTO a requinte – já que os gastos estavam sendo excessivos, porém, sem bons resultados.
O conceito central do arquiteto, de desvio do óbvio, pôde ser aplicado com maestria em mais esta produção.

The house residents had already started the renovation when they decided to contract Marcos Jordão. After taking on the work, the architect decided to rearrange the initial project, aiming at adding LOW COST to sophistication – once the costs were far too high and yet, with poor results.
The core concept of the architect, which was diverging from the obvious, was once again masterfully applied in this design.

Novas práticas

A casa de cinco andares foi parcialmente reestruturada para que os moradores pudessem sentir o aconchego em cada um dos ambientes. Nesta obra, concentrou-se em diferentes espaços a concepção de segmentos de retas com curvas, bastante empregada por Marcos, o que ofereceu à residência um ar leve e elegante.
Na busca de ambientes mais arrojados, a integração dos recintos e a obtenção de mais espaço foram construídas por meio de iluminação constante e do aumento dos vãos das escadas.
As novidades foram reservadas ao trabalho com cabos de aço e chapas de alumínio nos degraus, e ao lavabo, que ganhou materiais diferenciados, como uma moderna bica e o ar romântico e contemplativo da banheira.

New pratices

The five-story house was partially restructured so that residents could feel the coziness in each room. In this work, he focused on the use of straight line segments with curves on different spaces, widely used by Marcos, which provided the residence with a light and elegant atmosphere.
With the purspose of getting bolder settings, the integration of the areas has been built, so that more space with constant lighting was obtained by increasing the stairwells.
The innovations were reserved for the use of steel cables and aluminum plates on the steps, and to the washroom, which received distinguished materials, such as a modern spout and the romantic and contemplative atmosphere by the bathtub.

ARQUIVO PESSOAL DO ARQUITETO

ARQUIVO PESSOAL DO ARQUITETO

RESIDÊNCIA MOOCA

MOOCA RESIDENCE

Aqui, Marcos foi contratado para criar uma ampla área de lazer para a residência. No espaço, o profissional pôde utilizar sua técnica de visualização geral de todas as possibilidades existentes à arquitetura e analisar qual o potencial do espaço a ser produzido.
Os dois andares e os altos muros construídos anteriormente, por exigência dos donos, deram vazão a criativas ideias.

Here, Marcos was contracted to create a large leisure area for the residence. He was able to use his overview technique to scan all existing possibilities in architecture, as well as to analyze the potential of the space to be created.
The two stories and the high walls previously built, at the ownners' request, gave way to creative ideas.

Simplicidade nos detalhes

Academia no andar superior. Banheiro para visitas. Sauna. Espaço de relaxamento. Área para churrasqueira. Piscina. Num só lugar, a integração de materiais e formas neutras proporcionou a união de diversos elementos.
Para acabar com a sensação de cárcere que os 6 metros de muro conferiam à casa, o projeto de Marcos considerou dar um enfoque agradável ao espaço. O painel de pedra canjiquinha na altura da visão chama a atenção e torna o ambiente bem mais aconchegante. Com a facilidade de conseguir trabalhar seus conceitos mais à vontade no projeto, oportunidade essa permitida pelos moradores, Marcos reparou a área a ser modificada de modo a surpreender positivamente quem ali chegar.

Simplicity in details

A gym upstairs. A bathroom for guests. A sauna. A relaxation area. A barbecue area. A pool. In a single place, the integration of materials and neutral forms provided the combination of several elements. To dispel the feeling of imprisonment conveyed to the house by the 6-meter wall, Marcos' design considered giving the area a pleasant approach. The eye-level grits stone panel draws the attention and makes the environment much cozier. Being able to work with his conceptions on the project more comfortably, with the residents' permission, Marcos repaired the area to be modified aiming at surprising positively anyone getting there.

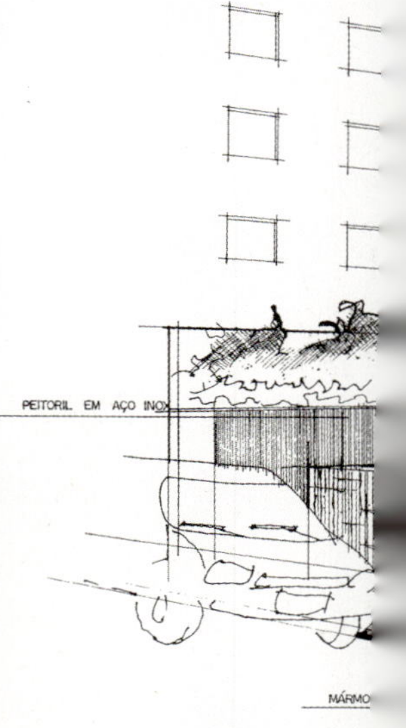

SETIN TOWER - em parceria com a Korman Arquitetos

SETIN TOWER - in partnership with Korman Arquitetos

Projeto idealizado em conjunto com os amigos e mestres Ieda e Silvio Korman, por meio do convite feito a Marcos, a modernização da fachada levou êxitos à administração do edifício Setin Tower.

O prédio foi projetado há alguns anos por Silvio que, segundo Marcos, possui um dom raro para elaborar espaços harmoniosos, além de ter uma visão espacial inusitada.

A project conceived along with his friends and masters Ieda and Silvio Korman, who invited Marcos to join them. The renovation of the façade brought Setin Tower building management team a lot of success. The building was designed a few years ago by Silvio who, according to Marcos, has a rare gift for creating harmonious spaces, in addition to having an unusual spatial vision.

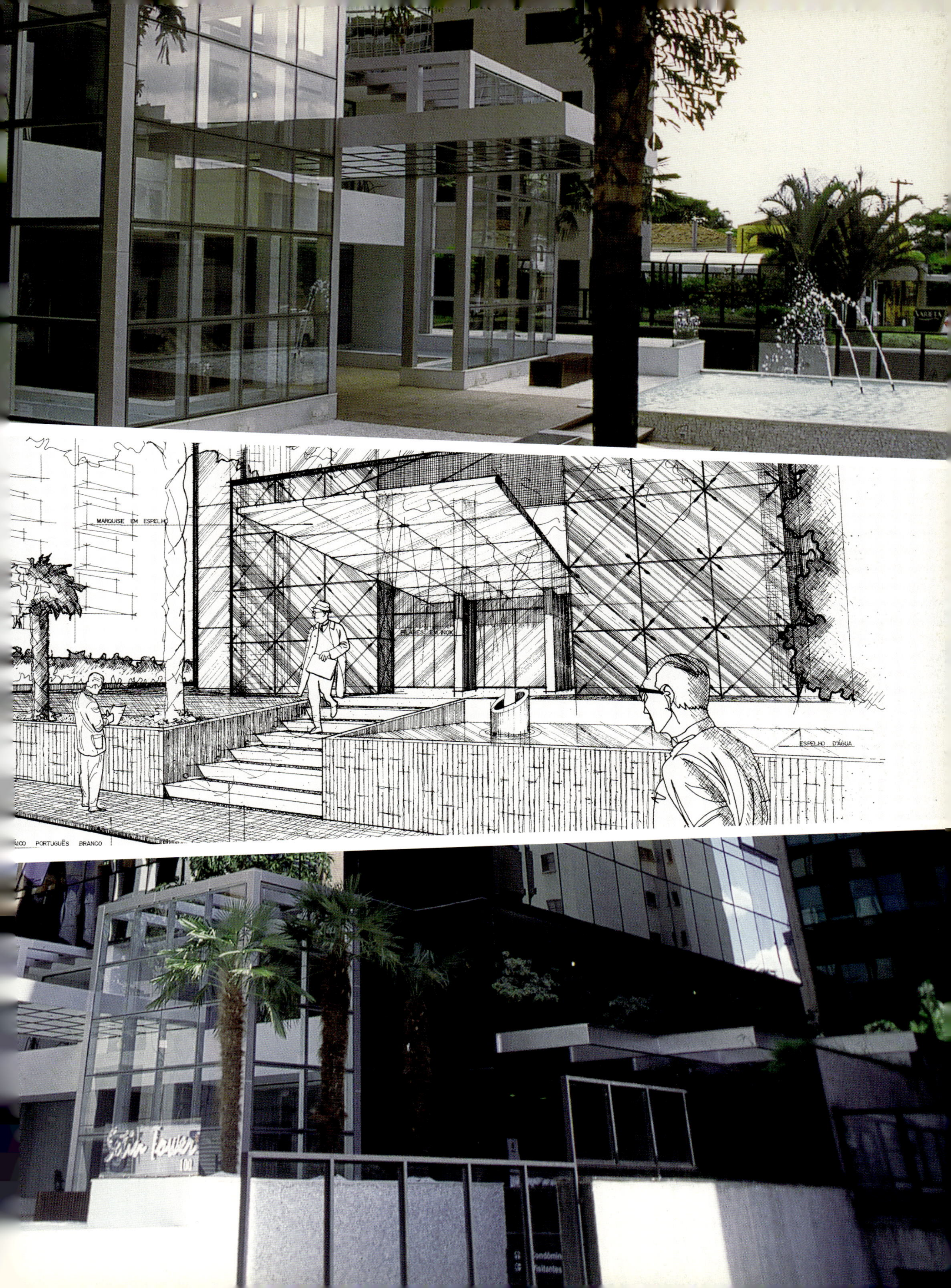
MARQUISE EM ESPELHO
PILARES EM INOX
ESPELHO D'ÁGUA
ÁICO PORTUGUÊS BRANCO
Visitantes

Considerações visuais

Um dos pontos fortes da arquitetura de Marcos Jordão utilizado na produção da nova fachada do Setin Tower foi o seu talento estético e artístico. A necessidade do edifício em conquistar novos locatários fez com que a concepção dada a sua frente fosse de leveza e modernidade.
A proposta apresentada por Marcos Jordão aos amigos esboçava uma caixa de vidro com marquise na entrada do prédio, e os espelhos d'água tornariam o edifício sofisticado em seu todo.
A sugestão foi aceita e produzida, e todas as salas foram alugadas. A autoria do belo trabalho foi dividida com os seus mestres 15 anos após a realização do estágio no escritório do casal.

Visual considerations

One of Marcos Jordão's architecture strengths used when creating the new Setin Tower facade was his artistic and esthetic talent. The need to attract new tenants to the building meant that the front design required lightness and modernity during conception. The proposal submitted by Marcos Jordão to his friends outlined a glass box with a marquee at the building entrance, and the reflecting pool would make the building entirety sophisticated. The suggestion was approved and created, and all the rooms were rented. He shared the authorship of this beautiful work with his masters, 15 years after having worked as an intern at their office.

ARQUIVO PESSOAL DO ARQUITETO

ANTES

DEPOIS

100

CLÍNICA ESTÉTICA

BEAUTY CLINIC

O ambiente a seguir foi integralmente reestruturado e seu projeto possibilitou o uso de propostas mais conceituais de Marcos Jordão. A agilidade na produção era ponto decisivo, daí a presteza do arquiteto ter sido fundamental. Neste cenário, o seu conceito sobre a obtenção dos resultados estéticos como consequência de arquitetura e não de decoração é detalhadamente percebido.

The following area was fully restructured and its design allowed the use of Marcos Jordão's more conceptual proposals. The agility to create the project was a key point, so the architect's promptness was crucial. In this scenario, we can clearly notice his concept on achieving esthetic results as a consequence of architecture, rather than just decoration.

Ideal precursor

Para criar uma entrada criativa e que remetesse à sensação de espaço interno confortável, a proposta de Marcos a esse ambiente foi de remoção dos vidros antes aplicados à parte externa da clínica, dando lugar ao painel de madeira.

Para tal, o arquiteto concebeu ao lugar uma fachada inclinada, criação que muito orgulha Marcos, já que a forma, até então, não havia sido aplicada a ambiente algum no país. Também é possível perceber o emprego de conceitos modernistas no projeto, com elementos internos transformando-se em externos e o uso das três dimensões - 3-D. Ao abrir a porta, a marquise introduz-se na parte interna do espaço, servindo de apoio para spots.

Ideal precursor

In order to design a creative doorway, aiming at creating the feeling of a comfortable indoor space, Marcos' proposal was to remove the glass formerly used in the external areas of the clinic and apply a wooden panel instead. For this purpose, the architect designed a sloping façade for the place. Such creation makes Marcos very proud, since it was the first time this design was ever used in Brazil. The use of modernist conceptions can also be noticed in the design, where internal elements become external, and three dimensions - 3-D - are used. When the door is opened, the marquee integrates the internal space, turning into a support for spots.

A comunhão que faltava!

Com a chegada da esposa de Marcos, a arquiteta Patrícia Jordão, no ano de 2006, as soluções surpreendentes já oferecidas pelo escritório e o estilo contemporâneo aplicado a cada obra passaram a ser ainda mais evidenciados.

No início, enquanto Marcos partia às reuniões externas com os clientes, Patrícia cuidava da criação de algumas perspectivas. Hoje, ao "atuar nos bastidores", como ela mesma considera, é responsável pela administração dos negócios, além de envolver-se na decoração arquitetônica dos projetos.

Sua sociedade com Marcos não somente no campo pessoal, como nos negócios, foi propiciada pela chegada dos filhos. Pelo visto, a escolha por deixar o emprego fixo pela dedicação à família e união a Marcos na arquitetura foi uma excelente alternativa!

A conquista do sucesso de importantes projetos está nos detalhes, é fato. No entanto, a sensibilidade e criatividade aguçada de Marcos, aliadas à racionalidade e ao bom gosto de Patrícia, levaram o escritório a produzir ambientes ainda mais confortáveis e funcionais.

Agora, a união de arquitetura e design de interiores com foco na disposição ideal dos elementos leva ambos os profissionais a repensar todos os espaços e formatos, criando juntos recursos bem originais.

O projeto a seguir foi o primeiro do escritório Marcos Jordão com a participação ativa de Patrícia, tanto administrativa como arquitetonicamente.

The fellowship that was missing!

Upon the arrival of Marcos's wife, the architect Patrícia Jordão, in 2006, the amazing solutions already offered by the office, and the contemporary style applied to each work became even more evident.

Initially, while Marcos attended external meetings with clients, Patrícia took care of creating some perspectives. Today, 'working behind the scenes', in her own words, she is responsible for managing the business, as well as engaging in architectural decoration projects.

Her partnership with Marcos, not only in personal life, but also in business, came with the arrival of their children. Actually, the choice to leave a steady job in order to dedicate herself to the family and the partnership with Marcos in architecture was an excellent one!

It is a fact that achieving success in important design projects rests on the details. However, Marcos' sharp sensitivity and creativity, along with Patrícia's rationality and good taste, led the office to create more comfortable and functional areas.

In fact, the association of architecture and interior design focusing on the ideal setting of elements makes both of them reconsider all spaces and shapes, creating quite original resources together.

The following project was the first one with Patrícia's active participation as a partner in Marcos Jordão's office, both in the management and in the architectural design.

COBERTURA MOOCA

MOOCA PENTHOUSE

Um dos projetos mais ousados de Marcos e Patrícia, o amplo apartamento sofreu forte alteração de layout. A varanda, por exemplo, deu lugar à cozinha, antes estreita e nada funcional.
Arrojado, Marcos questionou os clientes sobre a possibilidade de destruir uma parede para criar novas estruturas e foi taxado de "maluco"! Contudo, a administração do condomínio aprovou a ideia e o projeto obteve sucesso.

One of the most daring projects undertaken by Marcos and Patrícia, the apartment layout was significantly changed. The balcony, for example, was turned into a kitchen, previously too narrow and not functional at all.
Bold, Marcos asked for his clients' permission to break a wall in order to create new structures and he was called 'crazy' for that! However, the condo administration approved the idea and the project was successful.

Nada de limites

Na produção desta cobertura, localizada no bairro da Mooca, os arquitetos aplicaram materiais com cor, como papéis de parede e revestimentos, em vez das tradicionais tintas coloridas, o que faz do cômodo um local elegante e charmoso.
É perceptível a busca por espaços mais práticos, com atenção especial à logística da residência. Na cozinha, foi criada uma estrutura mais moderna, composta de alumínio e policarbonato, transformando-a num ambiente muito mais espaçoso, inclusive, com a instalação de uma sala ao fundo.
No hall de entrada do apartamento, a atenção é voltada para a grande porta pivotante e para a sofisticada parede revestida com papel de listras verticais pretas e marrons.

No limits

In the design of this penthouse, located in the neighborhood of Mooca, the architects applied colored materials, such as wallpapers and coatings, instead of the traditional colored paints, making the room an elegant and charming place.
The search for more convenient spaces is obvious, with special attention to the residence logistics. In the kitchen, a more modern structure was created, made of aluminum and polycarbonate, making it more spacious, including the installation of a room in the back.
In the apartment hallway, attention is focused on a large pivot door and on a sophisticated wall coated with black and brown vertically stripped wallpaper.

CAVALERA

TELE
CINE LIGHT
LG

APARTAMENTO RIVIERA I

RIVIERA APARTMENT I

Bastante satisfeitos com o excelente trabalho realizado em sua propriedade residencial, os donos deste imóvel resolveram contratar Marcos e Patrícia para produzirem outro ambiente, desta vez no litoral.
Em um espaço naturalmente reservado a horas de lazer e aconchego, os arquitetos não economizaram esforços na busca de materiais simples, porém, elegantes.

The owners were so pleased with the excellent work done in their residential property that they decided to contract Marcos and Patrícia to create a new design, this time on the coast.
In a space naturally meant for leisure and comfort, the architects spared no effort to search for simple but elegant materials.

Particularmente atual

O forte da produção deste apartamento de 300 metros quadrados são os espaços amplos e ao mesmo tempo aconchegantes. As cores neutras, como bege, preta e marrom, misturadas às madeiras e aos papéis de parede, foram as responsáveis pela criação de requinte.
Os lugares se integram por linhas horizontais continuamente aplicadas em todas as paredes, que demonstram o conceito harmonioso tão apreciado pelos arquitetos.
O sofá profundo permite ao morador total relaxamento, ao ter uma visão artificial quando, por exemplo, opta por assistir TV; ou um visual natural pleno, ao apreciar o mar ao fundo.

Particularly modern

The design strenght in this 300 sq.m apartment is the large, but at the same time cozy spaces. Neutral colors, like beige, black and brown, along with the wood and wallpaper used, accounted for the sophistication of the place.
The environments are integrated by horizontal lines continuously applied to all walls, demonstrating the harmonious concept so appreciated by architects.
The deep-seated couch allows the resident to enjoy moments of total relaxation, while having an artificial view when he/she, for example, chooses to watch TV, or a completely natural view when appreciating the sea beyond.

APARTAMENTO JD. ANÁLIA FRANCO

JD. ANÁLIA FRANCO APARTMENT

Desde o estudo da planta e do aproveitamento dos espaços, até a produção final deste imóvel, o projeto criado foi um dos mais desafiantes ao casal. Sobretudo a sala, que apresentava variados ângulos.

No entanto, assim como cada projeto criado no escritório Marcos Jordão, os ambientes foram pensados de maneira personalizada, com foco voltado ao cotidiano e estilo dos donos.

From the layout study and use of spaces to the completion of the work in the property, the project was one of the most challenging ever designed by the couple, especially the living room, which featured many different angles.

However, as every other project created in Marcos Jordão's office, the spaces were custom designed, focusing on the owners' daily life and style.

Essência artística

No decorrer dos espaços produzidos para este apartamento, é possível perceber o uso de nichos nas paredes, característica marcante da arquitetura do casal, que tem como objetivo a criação de locais próprios à exposição de possíveis elementos de decoração, além de organizar o ambiente.
A copa foi ampliada com a demolição da parede principal, transformando-se numa espaçosa sala de jantar. O armário embutido no painel de madeira com movimento dá lugar a um bufê.
No banheiro, é evidente o conceito de uso dos materiais certos no local apropriado. As quatro prateleiras de vidro, antes expostas, foram reunidas num elegante nicho.

Artistic essence

All over the spaces created for this apartment, it is possible to notice the use of niches on the walls, a typical feature in the couple's architecture, which aims at creating suitable places to display potential decoration pieces, as well as to organize the space.
The pantry was expanded by demolishing the main wall, turning it into a spacious dining room. The built-in closet on the motion powered wooden panel produces a buffet.
In the bathroom, the concept of using the right materials in the right places is evident. The four glass shelves, which were previously exposed, were drawn together in an elegant niche.

APARTAMENTO RIVIERA II

RIVIERA APARTMENT II

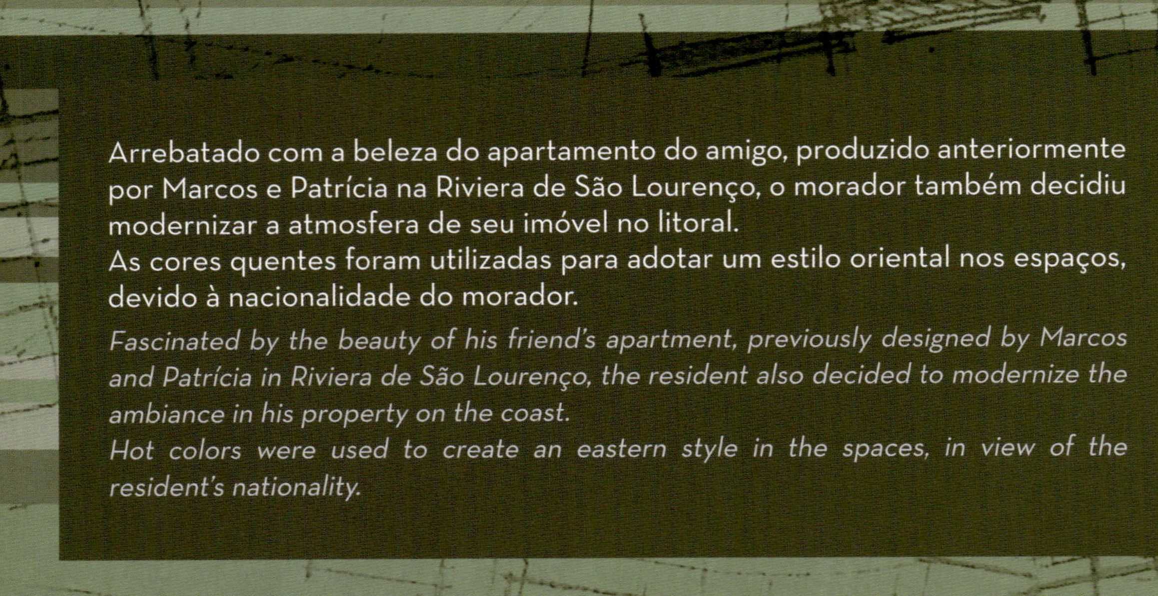

Arrebatado com a beleza do apartamento do amigo, produzido anteriormente por Marcos e Patrícia na Riviera de São Lourenço, o morador também decidiu modernizar a atmosfera de seu imóvel no litoral.
As cores quentes foram utilizadas para adotar um estilo oriental nos espaços, devido à nacionalidade do morador.

Fascinated by the beauty of his friend's apartment, previously designed by Marcos and Patrícia in Riviera de São Lourenço, the resident also decided to modernize the ambiance in his property on the coast.
Hot colors were used to create an eastern style in the spaces, in view of the resident's nationality.

Transformação positiva

O colorido dos ambientes foi obtido de modo sutil, com o uso de madeiras, texturas e papéis de parede em tons neutros e claros. A busca de aconchego pelos clientes foi o ponto de partida à construção do belo espaço.
O uso de tramas, também bastante utilizado nos projetos do casal, mistura paredes texturizadas a lisas. Elementos clássicos aplicados ao conceito de arquitetura moderna, totalmente voltada à praticidade, harmonizaram os cômodos confortavelmente requintados.
Em busca de ambientes aconchegantes, a sobreposição de objetos integra os espaços e transmite o conceito de consonância aos que neles permanecem.

Positive transformation

The colorful environments were obtained in a subtle way with the use of woods, textures and wallpaper in neutral and light shades. The pursuit for coziness by the clients was the starting point to build the beautiful space.
The use of mat patterns, also widely used in the couple's designs, combines textured and plain walls. Classical elements applied to the concept of modern architecture, totally focused on practicality, harmonized the comfortably refined rooms.
In the search for cozy spaces, the overlapping of objects integrates the spaces and conveys the concept of consonace to those who stay in them.

BOLLPI

BOLLPI

A antiga butique Artcenter, voltada à oferta de metais sanitários e revestimentos de primeira linha, tornou-se um dos maiores espaços de São Paulo à criação de soluções completas de decoração, graças ao estilo visionário de Anibal Pires e Marcos Jordão.

Aliando ideias e conhecimentos, os empresários oferecem por intermédio da Bollpi recursos que vão da arquitetura atual ao gerenciamento de marcas.

Former Artcenter boutique, a bathroom faucets and fixtures and prime coating retailer, became one of the largest spaces in São Paulo dedicated to offering complete decoration solutions, thanks to the visionary style of Anibal Pires and Marcos Jordão. Combining ideas and knowledge, the entrepeneurs deliver solutions through Bollpi, ranging from state-of-the-art architecture to brand management.

WWW.MARCOSJORDAO.COM.BR
Marcos Jordão

bollpi
bollpi

bollpi
veste a sua casa

União certeira

A denominação Bollpi, criada graças ao imaginário criativo e original de Marcos Jordão, nasceu de uma brincadeira de fonética da língua portuguesa, somada a expressões e palavras que criam uma relação direta com os produtos comercializados.
A forte parceria resultou em três elegantes butiques. A quarta loja é projeto atual do escritório Marcos Jordão, ainda em perspectivas digitais, no qual os valores de gestão de marcas têm sido aplicados com sucesso.
Conceitos modernos, de simplicidade e ao mesmo tempo funcionais, inserem-se no estudo da planta do novo espaço: o nome da loja ao chão, na fachada, transmite um ar humanizado; a entrada em perspectiva diagonal confere um olhar diferenciado ao ambiente, assim como os serviços prestados pela marca.

A surefire union

The name Bollpi , created thanks to Marcos' original and creative imagination, came from a joke based on the Portuguese language phonetics, added to expressions and words creating a direct link with the products marketed.
A strong partnership has resulted in three elegant boutiques. The fourth store is a current project at Marcos Jordão's office, still in digital perspectives, where the values of brand management have been applied successfully.
Modern concepts of simplicity and functionality fit into the study of the new space layout: the name of the shop on the floor, in the façade, conveys a humanized atmosphere; the entrance in a diagonal perspective gives a different look to the environment, as well as to the services offered by the brand.

bo

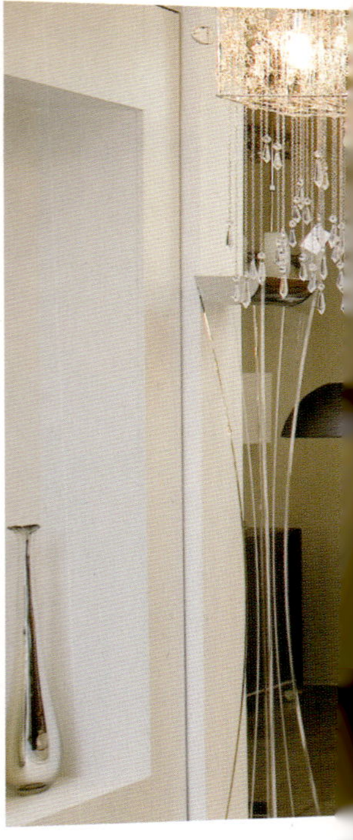

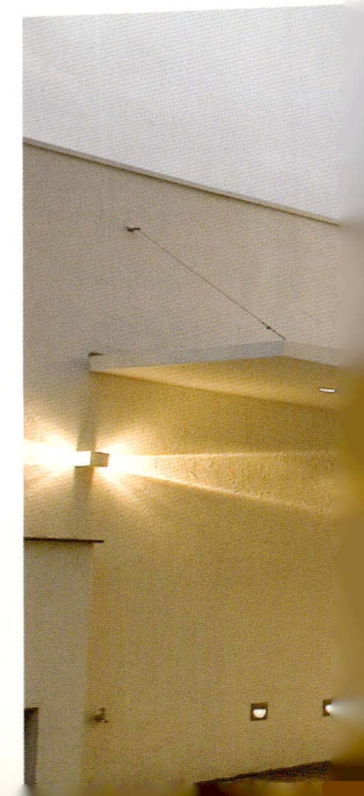

EMPÓRIO LUZ

EMPÓRIO LUZ

A criação do projeto arquitetônico da grife partiu de um dado essencial que é a intenção do cliente de mudar o conceito tradicional de iluminação. Assim, os arquitetos Marcos e Patrícia inovaram na projeção do espaço, desviando-se do tradicional.

A transformação da antiga casa particular em um lugar de requintada arquitetura não exigiu a demolição do espaço, que foi detalhadamente aproveitado.

The creation of the architectural design of the brand came from an essencial piece of information, which is the client's intention to change the traditional concept of lighting. This way, architects Marcos and Patrícia innovated in the space projection by diverting from the traditional.

Turning the former private house into a place of exquisite architecture did not require pulling the space down, which was, in turn, fully utilized.

EMPÓRIO
Marcos Jordão
ARQUITETURA

Clareza às percepções!

Para consagrar o pé-direito alto do espaço e os produtos fornecidos pelo estabelecimento, foram utilizados dois grandes pendentes, os quais fazem um contraponto à luz do sol. Já à noite, a caixa de vidro iluminada evidencia o segmento da loja.
A arquitetura projetada para o local se conecta aos artigos fornecidos pelo cliente, criando uma referência positiva. O formato inclinado da madeira nas paredes aplica à fachada o uso de vitrines contínuas.
No interior da grife, a inserção de uma passarela em deck de madeira, destaca o serviço da butique de iluminação. A ideia foi fornecer um espaço próprio e requintado para a demonstração do produto aos clientes da loja.

Clarity to perceptions!

To mark the high building footprint and the products offered by the establishment, two large pendants were used, working as a counterpoint to sunlight. At night, the illuminated glass box highlights the segment of the store.

The architecture designed to the place blends in perfectly with the articles offered by the client, creating a positive reference. The sloping shape of the wood on the walls applies the use of uninterrupted showcases to the façade.

Inside the store, the incorporation of a walkway in laminate floor draws attention to the boutique lighting services. The idea was to provide a special and refined space to show the clients the store products.

EMPÓRIO LUZI

EMPÓRIO

EMPÓRIO

RESIDÊNCIA TATUAPÉ

TATUAPÉ RESIDENCE

Mesmo com a construção em andamento, os moradores não estavam satisfeitos com o rumo e a aplicação do projeto, quando optaram pela arquitetura de Marcos Jordão.
A primeira ação dos arquitetos foi derrubar a escada de alvenaria e as paredes que antes dividiam as salas de estar e jantar e a cozinha, ampliando de maneira drástica o ambiente e dando espaço a elementos contemporâneos.

Even with the construction work under way, the residents were not satisfied with the direction and implementation of the project, so they opted for Marcos Jordão's architecture.
Their first action was to pull down the brick stairs and the walls that once divided the living room, the dining room and kitchen, expanding the space dramatically and adding contemporary elements to it.

Profundas variações

Devido à idade dos moradores, Marcos e Patrícia sentiram a necessidade de adequar o acesso aos pavimentos com a inclusão de um elevador panorâmico que liga todos os andares, um dos diferenciais do audacioso projeto. O aumento de alguns cômodos proporcionou, ainda, a inserção de uma moderna escada com guarda-corpo de vidro.
O equilíbrio entre os espaços foi conquistado com a aplicação de papéis de parede com pequenas variações de cor. A elegância reservou-se ao uso de mármore branco no revestimento do piso, o que destacou o mobiliário, e ao nicho de gesso da parede lateral, ambos revestidos de papel rústico.
O aconchego do home theater foi propiciado por abrigar-se em uma área com metragem reduzida.

Substantial variations

Due to the resident's age, Marcos and Patrícia felt the need to adapt the access to the different floors by adding a glass elevator connecting all stories, one of the differentials in the bold project. The expansion of some rooms still allowed the insertion of a modern staircase with glass railings.
The balance between the areas was achieved by applying wallpapers with slight color variations. Elegance came with the white marble-tiled floor, which highlighted the furniture and the drywall niche on the side wall, both covered in rustic wallpaper.
The home theater room is located in a smaller area, making it comfy.

COBERTURA HIGIENÓPOLIS

HIGIENÓPOLIS PENTHOUSE

A cobertura duplex de 500 metros quadrados de estrutura antiga foi totalmente demolida. O ato promoveu a criação de ambientes que não existiam e a modernização de todos os espaços, desde salas até lavabos e área de piscina. A ousadia do casal de arquitetos ainda cunhou na criação de painéis, cortineiros e elementos verticais, que transmitem a sensação de pé-direito mais alto.

The duplex penthouse with an old 500 sq.m structure was totally demolished. This provided spaces that did not exist before, as well as the modernization of all areas, from living rooms to washrooms and the swimming pool area.
The architects still dared to create panels, pelmets and vertical elements, making the building footprint look higher.

Integração linear

O espaço do apartamento projetado que teve mudanças mais radicais foi a área de lazer. Localizado no último pavimento, o local foi coberto por lâminas transparentes ao proveito da luminosidade natural e abriga uma confortável sala de estar, com mobiliário rústico e elegante, e mesa de bilhar. A suíte máster foi projetada com revestimentos semirrústicos e vidros transparentes. Todos os ambientes conservam o dinamismo empregado pelo casal, estabelecendo movimento aos espaços. Os quartos dos filhos refletem gostos e personalidades. Em um deles, o contraste entre o preto e o branco garante elegância e aconchego, mesmo com decoração jovem.

Linear integration

The designed apartment space had the most dramatic changes is the lounge area. Located on the highest floor, the place was covered with transparent roof slates to allow sunlight in, and holds a comfortable living room, with rustic and elegant furniture, in addition to a snooker table.
The master suite was designed with semi-rustic wall coatings and clear glass. All areas convey the dynamism used by the couple, bringing motion to the spaces.
The kids' bedrooms reflect taste and personality. In one of them, the black and white contrast gives the place elegance and coziness, even with a young decoration.

PAZ PEACE PACE PAIX AMIGOS FRIENDS AMICO AMI SUCESSO SUCCESS
SUCCESSO SUCCÉS FELICIDADE HAPPINESS FELICITÁ BONHEUR AMOR LOVE
AMORE AMOUR FAMÍLIA FAMILY FAMIGLIA FAMILLE PAZ PEACE PACE PAIX
AMIGOS FRIENDS AMICO AMI SUCESSO SUCCESS SUCCESSO SUCCÉS
FELICIDADE HAPPINESS FELICITÁ BONHEUR AMOR LOVE AMORE AMOUR
FAMÍLIA FAMILY FAMIGLIA FAMILLE PAZ PEACE PACE PAIX AMIGOS
FRIENDS AMICO AMI SUCESSO SUCCESS SUCCESSO SUCCÉS FELICIDADE
HAPPINESS FELICITÁ BONHEUR AMOR LOVE AMORE AMOUR FAMÍLIA
FAMILY FAMIGLIA FAMILLE PAZ PEACE PACE PAIX AMIGOS FRIENDS
AMICO AMI SUCESSO SUCCESS SUCCESSO SUCCÉS FELICIDADE HAPPINESS
FELICITÁ BONHEUR AMOR LOVE AMORE AMOUR FAMÍLIA FAMILY FAMIGLIA
FAMILLE PAZ PEACE PACE PAIX AMIGOS FRIENDS AMICO AMI SUCESSO
SUCCESS SUCCESSO SUCCÉS FELICIDADE HAPPINESS FELICITÁ BONHEUR
AMOR LOVE AMORE AMOUR FAMÍLIA FAMILY FAMIGLIA FAMILLE PAZ
PEACE PACE PAIX AMIGOS FRIENDS AMICO AMI SUCESSO SUCCESS
SUCCESSO SUCCÉS FELICIDADE HAPPINESS FELICITÁ BONHEUR AMOR LOVE

OXFORD
ESCOLAR

PALESTRA
DE S. PAULO
PALMEIRAS

EVENTO MARCOS JORDÃO - BMW

MARCOS JORDÃO - BMW EVENT

O sofá BIO, desenhado por Marcos Jordão exclusivamente para uma loja de mobiliários, teve seu lançamento realizado na concessionária BMW Osten, parceira do arquiteto.
O coquetel realizado na ocasião, que esteve repleto de convidados e clientes de ambas as marcas, também assinalou a introdução de outro produto no mercado, o automóvel BMW 118i.

The BIO sofa, designed by Marcos Jordão, exclusively for a furniture store, was launched at the BMW Osten dealer, one of the architect's partners. The cocktail party held at the time was filled with guests and clients of both brands; it also marked the introduction of another product on the market, the BMW 118i.

Marcos Jordão
Arquitetos Associados
Osten

Osten
MANUFATURA
BMW 118i

Componente requintado

Apelidada de BIO, a peça tem sua estrutura 100% constituída de materiais recicláveis, como restos de madeira e lona de caminhão, que, misturados a tecidos nobres, conferem um aspecto leve e elegante ao sofá.
Sendo os primeiros arquitetos da região, na época, a ilustrarem a matéria de capa de uma importante revista no segmento de Arquitetura, o casal foi convidado a lançar o criativo sofá em conjunto com a BMW, firmando uma sólida parceria.
O evento foi decorado por meio da exposição dos diversos croquis de Marcos e da disposição arquitetônica dos carros, sugerida pelo próprio casal. Um grande e confortável estar foi disposto na loja BMW Osten, abrigando os convidados e abalizando o forte das grifes.

Refined component

Nicknamed BIO, the structure consists 100% of recyclable materials, such as scrap wood and truck canvas, which, blended to noble fabrics, give it a light and elegant appearance. Being the first architects in the region at that time to feature the cover article of an important Architecture magazine, the couple was invited to launch the creative sofa along with BMW, establishing a solid partnership. The event was decorated with many of Marcos' sketches and architectural layout of cars, as suggested by the couple. A large and comfortable room was displayed at BMW Osten, lodging the guests and emphasizing the brands strengths.

Osten
MANUFATURA
MÓVEIS, TAPETES & OBJETOS DE DECORAÇÃO
SOFÁ BIO
BIO... Divirta-se e relaxe.
APOIO:

DECORAR

APARTAMENTO JD. DA SAÚDE

JD. DA SAÚDE APARTMENT

Por necessidade dos clientes, um casal e seus três filhos, o espaço foi integralmente derrubado com a intenção de construir uma sala bem espaçosa, com sofás amplos. Para tal, o lavabo, antes existente onde hoje é o estar, foi eliminado, e a cozinha, aberta.
No ambiente, como um todo, permaneceu somente o mobiliário necessário, o que resultou em uma composição final em perfeita consonância.

To meet the clients' needs, a couple and their three children, the space was fully demolished with the intention of building a very spacious room with large sofas. To this end, the washroom they once had, where now there is a living room, was eliminated and the kitchen turned into an open space.
In the space, as a whole, only the necessary furniture remained, resulting in a perfect harmonious final composition.

BOSCH

Um toque bem família

Na cozinha, o painel de madeira passou a abrigar um armário embutido e, logo ao lado, a porta que dá acesso à área de serviço. Na novidade do estar com office, novamente surge o conceito de simplicidade e requinte dos jovens arquitetos, também percebido na parede lateral revestida com papel listrado horizontalmente em tons pastéis.
Na área de trabalho do espaço para escritório da sala, a bancada de madeira em laca branca e a cadeira transparente reforçam o uso de elementos criativos e o olhar diferenciado.
No quarto do casal, as cores claras foram mantidas para a criação de um ambiente aconchegante e romântico. Já no dormitório das crianças, foi dada preferência à aplicação de materiais coloridos, sem exageros.

A very familiar touch

In the kitchen, the wooden panel now houses a built-in closet and, next to it, the door to the service area. The innovation of a living room with an office, once again shows the simplicity and sophistication of the young architects, which can also be noticed on the side wall coated with horizontally stripped wallpaper.
In the workspace, now in the living room, the wooden workbench in white lacquer and the transparent chair reinforce the use of creative elements and a distinguished look.
In the master bedroom, the light colors were preserved to create a cozy and romantic atmosphere. In the kids' bedroom, the application of colored materials, in an unexaggerated way, was preferred.

PHILIPS

APARTAMENTO TATUAPÉ

TATUAPÉ APARTMENT

Conhecedores do primor empregado nos projetos de Marcos e Patrícia Jordão, por meio de trabalhos comerciais contratados anteriormente, os proprietários do imóvel apostaram no bom gosto do casal de arquitetos também em seu lar. Na perspectiva criada à produção deste espaço, dimensão, harmonia e funcionalidade também deram o toque que os ambientes necessitavam.

Familiar with the perfection of Marcos and Patricia Jordão's designs, through previously contracted commercial works, the property owners bet on the couple's good taste for their home. In the perspective created for this design, dimension, harmony and functionality also conveyed the touch the spaces needed.

Neutralidade capital

As transformações mais profundas ficaram por conta da ampliação do quarto do casal. O grande painel, quando aberto, integra ao cômodo um elegante escritório.
Os elementos que fornecem estilo contemporâneo aos ambientes, como os nichos horizontais delicadamente iluminados e os rodapés altos, são repetidos neste projeto, na busca da modernização dos espaços. A mistura de tons claros e escuros dos objetos, como as palhas de couro e alguns móveis, oferecem leveza e conforto.
A sala de banho foi criada por conta da rotina e a pedido dos moradores. O raro uso de papel de parede e o ponto de TV envolvem o ambiente em uma atmosfera de romantismo e aconchego.

Capital neutrality

The most significant change was the expansion of the master bedroom. The large panel, when opened, integrates an elegant office to the room. The elements providing a contemporary style to the spaces, such as the softly illuminated horizontal niches and the high building footprint, are once again present in this design, so as to modernize the spaces. The combination of the light and dark shades in the objects, such as leather and some pieces of furniture, delivers lightness and comfort. The bathroom was created at the residents' request, due to their routine. The little use of wallpaper and the TV space involve the area in an atmosphere of romanticism and coziness.

COAST GUARD
MVP
95
LIGHTYEAR

MARQUISE EM ESPELHO
PEDRISCO BRANCO
AÇO INOX
MÁRMORE BRANCO
MOSÁICO PORTUGUÊS BRANCO
GRANITO APICOA

PILARES EM INOX
CO BRANCO

PATROCINADOR | *SPONSOR*

A Florense é referência mundial em móveis high end. Seu mix de produtos contempla todos os ambientes da casa, escritório e projetos corporativos.

Design contemporâneo universal, engenharia construtiva inigualável e 98 padrões de acabamentos: madeiras exóticas naturais, microtextura, laminados e high gloss.
E mais: os serviços oferecidos pelas lojas também primam pelo mesmo alto padrão de qualidade.

Florense is a world reference in high-end furniture. Its mix of products comprises all areas of the house, office and corporate projects. Universal contemporary design, unmatched construction engineering and 98 finishing patterns: natural exotic wood, microtexture, laminates and high gloss. And what is more: the services offered by the stores also have the same high standard of quality.

Rua Eleonora Cintra, 290 – Jardim Anália Franco – São Paulo – SP
Fone: (55 11) 3469-7033
florense.vendas@florenseaf.com.br
www.florense.com

Rua Eleonora Cintra, 290 – Jardim Anália Franco – São Paulo – SP
Phone: (55 11) 3469-7033
florense.vendas@florenseaf.com.br
www.florense.com

APOIADORES | *SUPPORTERS*

Todeschini

A Todeschini há mais de 70 anos oferece o que há de mais moderno em tendências de móveis planejados e vem sempre buscando parcerias duradouras. O arquiteto Marcos Jordão é exemplo claro desse sucesso.

For over 70 years, Todeschini has offered the most modern trends in customized furniture and is always seeking long lasting partnerships. Architect Marcos Jordão is a clear example of this success.

Rua Emília Marengo, 637 – Tatuapé – São Paulo – SP
Fone: (55 11) 2671-3860
artecozinhas@artecozinhas.com.br
www.artecozinhas.com.br

Rua Emília Marengo, 637 – Tatuapé – São Paulo – SP
Phone: (55 11) 2671-3860
artecozinhas@artecozinhas.com.br
www.artecozinhas.com.br

Com produtos de qualidade e excelência em atendimento, a Lustres Pollio, há mais de 50 anos, é uma empresa pioneira em projetos iluminotécnicos de pequeno, médio e grande porte, atendendo profissionais e consumidores.

With high quality products and excellence in its services, Lustres Pollio, for over 50 years, is a pioneer company in small, medium and large lighting projects, satisfying the needs of professionals and clients.

Showroom: Rua Emília Marengo, 1.150 – Tatuapé – São Paulo – SP
Fone: (55 11) 2671-8020 / 2671-9840
pollioiluminacao@bol.com.br

Showroom: Rua Emília Marengo, 1.150 – Tatuapé – São Paulo – SP
Phone: (55 11) 2671-8020 / 2671-9840
pollioiluminacao@bol.com.br

EXPEDIENTE

Diretor executivo
Donaldo Walter Buchweitz

Diretora
Clécia Aragão Buchweitz

Coordenação editorial
Jarbas C. Cerino

Projeto gráfico
Fernando Cesar Gouvea

Diagramação
Fernando Cesar Gouvea
e Luciano Senhorini

Fotos
Anna Boga (Patrícia Jordão); Dani Gurgel (Ieda e Silvio Korman); Felipe (evento BMW); Celina Germer (Bollpi - cozinha com maçãs verdes); Vagner Silveira (Bollpi - banheiro laranja); demais imagens Sérgio Israel e arquivo pessoal.

Desenhos em 3-D (perspectivas eletrônicas)
Luciano Coelho Rocha

Textos
Michele Lopes

Tradução para o inglês
Fabio Teixeira

Gerente comercial
Acácia Lischewsky

Executivo de contas
Alexandre Rabelo

Assistente comercial
Daniela Oliveira

Produção gráfica
Sérgio Olmedo

Distribuição
Grupo Ciranda Cultural

Rua Frederico Bacchin Neto, 140
Loja 6 - tel./fax: 55 11 3761-9500
Parque dos Príncipes
São Paulo/SP - CEP 05396-100